U0070131

自體感官

檽曦——著

吹鼓吹詩人叢書16

【總序】

台灣詩學吹鼓吹詩人叢書出版緣起

蘇紹連

「台灣詩學季刊雜誌社」創辦於1992年12月6日，這是台灣詩壇上一個歷史性的日子，這個日子開啟了台灣詩學時代的來臨。《台灣詩學季刊》在前後任社長向明和李瑞騰的帶領下，經歷了兩位主編白靈、蕭蕭，至2002年改版為《台灣詩學學刊》，由鄭慧如主編，以學術論文為主，附刊詩作。2003年6月11日設立「吹鼓吹詩論壇」網站，從此，一個大型的詩論壇終於在台灣誕生了。2005年9月增加《台灣詩學・吹鼓吹詩論壇》刊物，由蘇紹連主編。《台灣詩學》以雙刊物形態創詩壇之舉，同時出版學術面的評論詩學，及以詩創作為主的刊物。

「吹鼓吹詩論壇」網站定位為新世代新勢力的網路詩社群，並以「詩腸鼓吹，吹響詩號，鼓動詩潮」十二字為論壇主旨，典出自於唐朝・馮贄《雲仙雜記・二、俗耳針砭，詩腸鼓吹》：「戴顒春日攜雙柑斗酒，人問何之，曰：『往聽黃鸝聲，此俗耳針砭，詩腸鼓吹，汝知之乎？』」因黃鸝之聲悅耳動聽，可以發人清思，激發詩興，詩興的激發必須砭去俗思，代以雅興。論壇的名稱「吹鼓吹」三字響亮，而且論壇主旨旗幟鮮明，立即驚動了網路詩界。

「吹鼓吹詩論壇」網站在台灣網路執詩界牛耳是不爭的

事實，詩的創作者或讀者們競相加入論壇為會員，除於論壇發表詩作、賞評回覆外，更有擔任版主者參與論壇版務的工作，一起推動論壇的輪子，繼續邁向更為寬廣的網路詩創作及交流場域。在這之中，有許多潛質優異的詩人逐漸浮現出來，他們的詩作散發耀眼的光芒，深受詩壇前輩們的矚目，諸如：鯨向海、楊佳嫻、林德俊、陳思嫻、李長青、羅浩原等人，都曾是「吹鼓吹詩論壇」的版主，他們現今已是能獨當一面的新世代頂尖詩人。

「吹鼓吹詩論壇」網站除了提供像是詩壇的「星光大道」或「超級偶像」發表平台，讓許多新人展現詩藝外，還把優秀詩作集結為「年度論壇詩選」於平面媒體刊登，以此留下珍貴的網路詩歷史資料。2009年起，更進一步訂立「台灣詩學吹鼓吹詩人叢書」方案，鼓勵在「吹鼓吹詩論壇」創作優異的詩人，出版其個人詩集，期與「台灣詩學」的宗旨「挖深織廣，詩學台灣經驗；剖情析采，論說現代詩學」站在同一高度，留下創作的成果。此一方案幸得「秀威資訊科技有限公司」應允，而得以實現。今後，「台灣詩學季刊雜誌社」將戮力於此項方案的進行，每半年甄選一至三位台灣最優秀的新世代詩人出版詩集，以細水長流的方式，三年、五年，甚至十年之後，這套「詩人叢書」累計無數本詩集，將是台灣詩壇在二十一世紀中一套堅強而整齊的詩人叢書，也將見證台灣詩史上這段期間新世代詩人的成長及詩風的建立。

若此，我們的詩壇必然能夠再創現代詩的盛唐時代！讓我們殷切期待吧。

2011年7月修訂

【序】

我讀樠曦

博弈

樠曦在《自體感官》裡有一詩是〈我們談詩，不談感情〉，耐人尋思，詩怎麼能不談感情呢？這首詩，開始是這樣的：「詩集裡躲隻蠍子」，詩結尾則說：

一度以為自己是隻蠍子
然而，當被翻閱
開始，我螫向一段不算短的
懷念

難道是感情螫人？或更怕的是自己螫了自己，近詩情怯，至痛如冷不防的蠍螫。對於詩人而言，隔一段時間再看自己所寫的詩時，曾經投入的情感又回來敲著心門，以為死矣卻未僵直的悸動，這種回憶所引起的刺痛，是詩者那曾幻化為詩句描述的分身，靈魂，又出現眼前，似曾相識的回螫。詩裡一句「透明分身或靈魂搬運」，讓我想起有位詩人曾言，當讀到一首詩而有頭蓋骨被掀開的觸動，我就知道那是真詩。這螫的概念在這本詩集內亦出現於〈影〉，〈囈病持續〉，與〈出版〉數詩中。在〈天亮〉一詩中，也有「詩的談論不再激情」一語，似乎不談感情，談則不再激情；

> 詩的談論不再激情———
> 你是我，你在白格內看我
> 儘管爬行牆與牆間，你的臉
> 有我的臉

而「你是我，你在白格內看我」，自體與字體在這裡似有了暗示，你的臉與我的臉有了重疊。

穤曦的這本詩集並不易讀，有極深的個人情感描述方式在裡頭，也跳出傳統的詩審美，幾乎是寫給創作者看的，交流的，其中思想飄忽，詞語豐富，少因循舊語，語句多有暗示，和比喻性的詩語言是有些區隔的；但也正是這些吸引人。詩人的詩有「詩句換日線」（〈天亮〉），「末頁皺了一條／換日線」（〈出版〉），似乎詩人常夜行，詩句如地球是旋轉的，或許在黑夜換日的時候來讀，更有體會；但行到無腳印之處，我也擔心後頭是否有尋荒的拓客。知識上來說，若不向異處探索，有什麼可以進步的呢？故樂於——亦覺榮幸——為短文略述閱讀所得。

1. 詩句可另成詩題

這樣的情形，意味著詩句是有啟發性的，觸動人想像的；而想像是脫韁野馬，甚至不在原詩的草原上奔跑。比如〈島旅〉的「闔眼的路燈是兀立撐傘的耆老」，再比如〈天亮〉裡的「蠹魚與言鳥」，〈讀我的感官〉裡的「過於抵抗的感官」，〈熱血與懶懶〉裡的「平行不比垂直討喜」，或〈詩・

兩棲〉裡的「傳統外皮中裸超現實的骨」都能讓人另有想像。櫺曦與文字維持的關係是矛盾的，似愛但總是有哀愁的；如「如何對文字／不設防」，「就讓文字的銳利割破我喉嚨」，「文字反射在黑色屏風上」，「文字裏的黑潮」，「文字沼澤適逢秋味」，「裸裎的文字」或「是否那文字也能纏綿？」

一直到讀到〈曖昧期〉裡的

我們很有默契的
翻出愛情
便如同一棵樹上開滿了花等待結果

我竟生出「才放下心」的感受。

在讀完〈讀信〉，〈翻信〉，〈郵戳〉諸詩後，不由得即筆致詩人如下：

無聲的字幕

斑駁的地址
郵差許久未曾經過
破損的窗
漏出遺世的眼神

詩人棲居在格子裡
無聲的語言在

無色的圖畫下

一個個詩人的輪廓
時代彈爆的強光
落印在負片上

我經過一格小鎮
不見藍衫子

我走到一格山野
蘆葦說著去年

這入骨的情感，不在皮肉上；櫺曦詩者辛苦了。

2. 性的意識

性可說是體變化的開端，也是潛伏在成年人意識裡最主要的自體本能念頭，這本詩集裡巧妙地把性意識融入比喻與暗示，並賦予自體的新意義，構成了一部份的自「體」感官，因此文字「自體」與人的身體器官的意義聯繫也因此豐富了起來，有一個平行意識的貫穿感官。這與哲學上的自體與感官的定義是不同的。下面我摘句一些具有性意識的例子，排列以方式如下：

詩題：句／句／……

無聲的人們：獨自手淫語言／獨自飯菜
島內哭泣：有千萬隻觸手／分別猥褻海岸／路的盡頭是時

間的腳趾／意識在裡邊泅泳

啖腸論：送入嘴裡／洞房／枕在後腦的牙

骨人：將史料點向每一個空虛穴位

援女：我曾從那隙縫裡找尋／解離的青春字詞／除了胯（跨）下所藏匿的信仰

一夜晴：不如多買幾個蘋果／等待夜黑／許多體液經紫外線照射後竟無情

郵戳：齒狀花排擠你的青春／臉，處女不再

不只沉默的艦隊：魚貫著　尾隨／輿論／這棟宅體的裡外／皆是補強／在這棟過於龐大的艦隊裡／各自尋找可親吻的女體／交媾，為這抹自由尋找／繁衍的道路

油畫・II：蛋黃　讓倘佯給釣了上

油畫・III：你是幻想的口吻，在／我的季節裡／捉　迷藏

油畫・IV：意識的死因／不單純於／空白的繪布上

油畫・V：夜的腋下騷癢

入睡：許多隻羔羊／都躲著／都躲在你的闔眼

層玻璃：幾種果汁裸泳在不外遇的泉區／細微的掙扎在毛孔裡立現／切線上滿住你的懷念

葬花：花瓣掉落的方式似高樓大廈解體／哭泣聲不過爾爾抽／噎也只是一種反射

尋夢的男子：就寫些麥穗的隱事

相反：便讓我銳利得／切開你豐腴的外表／在情緒上種一棵樹／許多背離者都脫逃到鏡外

咖啡潛讀：失速墜毀一片／未經世事的土地

蠹病持續：蠹病已不是口水舔舐／解決在於把洞填補

逐波：我們輪流開往潮汐／他睡在我的眉尖

靈魂錯落：安靜得／擁入名為虹的夾層中

天亮：天亮以後／我們需將蠹魚與言鳥放行

性的意識出現在詩裡可算是當代詩的一個特有的現象。能夠言之有義，自肉體的到心靈的，自小我的到大我的，自社會的到文化的，以性為體，以體為鑰，開啟了解當代詩情的另一篇，這是前輩詩人少寫的，也是這本詩集值得關注的另一個地方。

3. 自體感官的延伸

在輯七〈短印記〉的短詩選中，我看到了詠物詩的轉變，或以物為自體，或以感官入物；那自體的陳述，期待感官的邂逅。如〈購物袋〉一詩，說的何嘗不是詩？鬧字就像個手推車，裡面裝著「市」；鬧字有何嘗不是腦，詩人推著它；鬥字又比如有雙耳，產生字形的聯想暗示；則，再回顧〈側耳〉那詩，就更有意思了。（《說文解字》：鬧，不靜也。从市鬥。）

購物袋

雙耳
倒折成舊的手推車
置放，鬧鬧鬧的
　　　　　　感
　　　　　　官
氛圍
重覆

使用

耳是自體，也是感官，在這本詩集裡多次出現，已構成一個母題意識，令詩人所〈致無聲的人們〉也要〈側耳〉來「傾聽遠方的要來未來的停滯」，這是詩者的心聲吧。

於是，折下兩片耳朵
裝上
倏地消失在
巨
大
夜
空

這本詩集，語言形式是不落俗套的，讓我借用〈天亮〉詩中的句式：

不落俗套的語言形式是□□，我喜歡；）

詩無法說盡，甚至說近，我的短文所及於其他讀者與作者是次體的，個人的。讀者放空自己，接著進入詩集，跟隨著櫺曦的詩，進行一趟自體感官之旅，那麼，承認你所感受到的，那便是屬於你的自體感官。

＊博弈：北美詩人，主持北美楓名家綜述專欄

【序】

感官之間

冰夕

如純情少年夢囈的楔子開啟第三隻眼既敏感又幻覺與繆思共翱翔星宇裡種種的感官。往往我們都忘了第一句是暗戀或幸運？最終所有的愛與哀愁、詩志與抱負，交疊而叢生；重生的模樣、嗅覺、觸覺，還有細雨般視覺的垂聽，皆油畫出一幅又一幅，層疊遞染的圖文鑲崁於詩中畫的符碼。每個角度，來者個別品嚐箇中寒暖滋味的交替於浮世的晚九朝五。

有人醉得被眼淚擦拭得好辛酸矢口否認似曾相識的戀愛未央曲、有人低首沉思解密、有人經過了一幕幕窗扇粼粼寒冬中島旅的回望而興歎的慰藉著原來不止獨自攀岩過崎嶇峭壁的辭海而拓見共徜徉呼吸純氧的遼闊視界。

那彷彿亞歷山大帝漫長征戰內心的版圖，卻非野心，而是不斷超越昨日的影子，有孤鷹展開憂歡左右雙翼的掠影：兒時故居、收集渴慕花香的嗅覺、收攏炊煙或迷霧島嶼上空的俯瞰……留下一盞盞如頁頁索驥流星般短印於記憶女神她眷顧書局或圖書館一隅的《自體感官》。

然而作者已非作者與讀者互換畢生大風吹的坐位上，臨受文字的肢體語言，徐緩的伸展出風火雷雨的觸覺，如獨家劇院的私密舞台中央、海中央，琴鍵著妍異狐步的華爾滋，柔美、嫋若枝椏嫩葉篩落月光撫面吹拂搔癢的耳根。

哦！我從一首首進行曲的詩中，偏航了原該列陣如序的嚴謹坐姿。____我想那何止是印刷體還有無垠馳想空間托起記憶體與靈魂之窗已然穿梭感官之間，鞦韆般盪開魔術方塊的季節從往昔揭諦至未來的書香年代。

冰夕　Jan31.2012 AM: 06 : 07

*冰夕：台灣女詩人，著有詩集《抖音石》，時任台灣詩學・吹鼓吹詩論壇創作區總版主、詩刊文編，創作團體〈我們隱匿的馬戲班〉、〈東方詩學〉發起人兼總版管理。

目次

輯三 夢囈

輯四 詩的晚九朝五

輯五　自體感官

輯六　戀愛未央曲

輯七　短印記

輯一　浮世

致無聲的人們

肢體的號誌變動
一閃閃在川流不止的變道中
獨自手淫語言
自持身體東南西北的來由
蜘蛛網一碰，便
碎了

蝸牛自耳裡長成
不耐寂寞
待夜半的觸角伸長後
跩了輪子，偷跑
沒了蹤影

影子向上天借了塊膽
帶著□□往各個洞穴熟透
路上，酋長給支堅強的號角
嗚吹，鳴了兩三里遠

外的山頭也不自覺
振動

替他向這世間的變動致意
用五根手指併攏
靠近模糊卻不盡的深淵
跌落至今尚未爬出。得小心！
那並非你我口語所能解釋
因那釋意來得突然，果決
一旦道出，無窮盡的黑冷單刀襲進
冷落內心另一人
獨自飯菜

攤續無聲線的滋味
一點一點自舌尖而回溯
耳朵不得其道而聞
於是揮舞親暱的肢節
他與我的輕觸
就此起始

肢體號誌再度揚動
往來視線猶薄如蟬翼
不止輕振亦或玩笑性撕裂
那就讓體內的小太陽高掛起微笑
心無旁鶩而輾轉往
無人走過
絕非存在輕視的路道

| 090914

島內哭泣

有千萬隻觸手
分別猥褻海岸
柔軟撫慰
像極春天即將的花暈
一瓣瓣等待花開，花謝了
接著丟出一枚珍珠白盤子
出現，就呆忘了拋物線

路的盡頭是時間的腳趾
我躺在你的腳踝邊
默默地碰觸
以為這是一面鏡子
不經意察覺左臉頰有著龜裂；
插了旗子
插了代表種族的旗
上面寫著：愛我，就染黑我。
轉眼，四周靜靜流液著紅
意識在裡邊泅泳

而遂長的牙齒卻一口氣拉長時間
大家都變得好陌生
好羞怯。猛地！
我們的過去來到今日的島嶼
一邊翻修，一邊修葺
這島嶼太過於薄弱
總讓人誤以為
只因為太過於太過於太過於了
流下眼淚，又繼而拭乾
便不再那麼輕易露出
這只輕舟上獨自敏
感的節氣

嘴巴代替著一條長長長長的海岸線
我的手抓住時間的尾部
接著背離一座島嶼的雛型
便無法再回頭

| 090321

啖腸論

咱們相互面對面互烤大腸包小腸
房間裡時間正燒炭自殺
等待停於黃昏時刻
咱們的腸衣焦黑燥熱
一團一抹著，塗黑眼眶
看，這世界似乎慵懶其實
擁擠，如鴉在桿上排站
如田裡野草漫增
亦如架上排隊火烤新人
送入嘴裡
洞房

要是躺在一段不算潮濕的潮濕
那枕在後腦的牙
一陣突來
要風要火
混著跌入後頭的井。
上邊的懸壅垂掉落舀了些墨水

餵餵外邊寫詩的流浪狗兒們
哪怕是個奇飽
也都得抓個二三頭塞塞

肉做的風箏飛翔在體溫外
那片不知名炙燒亦步亦趨於走近
包裹，悶燒——悶燒似
一日頭的土鄉下；
□□情侶於閉密空間呈四腳造愛
越磨越熱
越磨越透
。那邊上的蕉葉內，黃熟

咱們彼此垂鬢彼此蠕蹭
抱著臭石蒜淨身
那太遠的遠遠的呀
哪怕太陽要叫咱們魂斷於起泡疙瘩
也得不顧的緊抱於火烤靈船上
同年同月同日死

| 100218

谷歌

她終究徵信了我的底褲。

舊舊黃黃的
一如爬行後足跡遺有DNA
鞋印洶湧，浪花似在奶頭上垂降
污漬兩條靈魂
交疊島與島嶼之間

於是在
巨大機關影子下
計算機逐次追逐逐個跟監
運算今日早餐午餐晚餐宵夜吃了什麼摸過什麼嗨我只不過是紅色主義下的白色恐怖不要問太多事情很多很多都是沒有眼睛沒有嘴巴沒有感覺的相對於點對點P2P的傳送進出或者只是互聯網相互惡鬥下的陰謀論我說
什麼？我能說什麼？

躲在人潮洶湧的紅燈區裡
讓攝影機來回舔弄櫥窗穢污的屁股腳底
連胸罩也不放過
的被窺伺感
使我高潮洩了一地做作的文字

這動作比飛機還快只在我腦海裡盪個鞦韆便晃出窗外
接著追出去的
是一隻黑色怪物不著衣物
無聲地
吃掉影子

＊AFP丨20100303／美國網路巨擘谷歌公司（Google）今天針對其「街景」（Street View）導航服務做出魅力攻勢，旨在安撫德國民眾在隱私方面的顧慮。這套以創造3D圖像攝影為基礎的軟體，可讓網友「走過」紐約、巴黎、香港等城市的街頭。2007年在美國推出的「街景」服務，也已經在法國和英國等歐洲國家上路，但這項服務遭重隱私的人士攻擊，擔心沒有同意就遭拍照。

｜100204

骨人

我已開始習慣你
那磨擦時日卻不著邊際
沒抹肥皂卻滑動影子立現
不屑臭皮囊反倒
是種證明自己的過程
季風臨來一筆哲學般想像
亞里斯多德向你不滅的骨架說解
將史料點向每一個空虛穴位
你總是喊著喊著需要需要
縮，一聲，像把摺傘
躲進世態裡
紛紛

每肢節段的變動
翻閱笑，喀響哭泣的擺弄
原來移動是一種虛無的
表現除了喀喀吱吱
剩餘都是應付世界的表象。

你不為黑夜驚恐卻被夜黑進膠卷內
一格格，活像個小丑

喀喀喀，喀
喀喀喀，喀
喀喀，喀 ————

「每肢節段／笑，喀響／一種虛無／除了喀喀
／剩餘都是／驚恐卻，像個小丑」

喀喀喀，喀
喀喀喀，喀
喀喀，喀 ————

「變動／哭泣的擺弄／原來移動是／表現
／應付世界的／夜黑進膠卷內／一格格」

遲疑之於你晃動身軀
抵擋暴風也祛除寒雨
或許正義拉你入伍
自信攀牆而上

於那人間的渦流裡不可一世
一眼之間望向空盪紊雜
俗塵中誰將陪伴你
做一只驚世駭俗
大富翁棋子？

｜100415

援女

你的名都寫在手背
每個與你牽手的人都不知你是誰
然後經過計時
然後經過大腿微開的深溝
總不可避免的捲入
旋渦

你有夢想你夢想都記在
深不見底的暗井
我記得離開你的某日
你說想進到一個天堂
若似白紙飄浮的半空
因而在如此風景下能
不拘表情的寫下夢想
如今都隨那潮濕不止的話語
全都無條件埋入
你的深溝

我曾從那隙縫裡找尋
解離的青春字詞
那些兇惡的美洲含羞草會告知嚴峻的
山形與稜線像似無限定
普普思維卻拉著———

我走入你的身體讓
我進入你蒔養的天地讓
我走出你羞恥的外衣讓
我進出你矛盾的情欲
藉由與魔鬼的交換
將你贖回

雖知道
你的名沒寫在手心
一眼望盡的吻痕與脅處瘀傷
除了胯下所藏匿的信仰
我無法從你身上找到

你的姓氏
你的臉

｜100429

在島的另一邊生活

藉由水的傳播
終於也一路飄搖到這裡
早妳們數十年也有人曾到此拜訪
他們沒有根
但妳們有並且用力向下
紮營

妳們把生命留住
卻看不見未來要飛的方向
在眾目睽睽下努力
學習在島嶼上進行
有性繁殖直到不自覺
在歷史書上
斷開

妳們有障礙的在無障礙的
空間裡討生活
有限制的而於無限制的

時間裡發聲練習
夢想某天有一樣的天空
有相同的名
有相似的表情

大人們為妳們量身訂作某種程度上
空間自由為了與這熱愛的島嶼融合
一層一層似洋蔥般剝開
被抑制封存的心意
單純成為冀望的曲目
然而，我是相當樂意為妳們彈奏
儘管我們之間距離一行陌路
儘管我們並不認識

妳們在島的另一邊生活
妳們把美麗留下
妳們把懷疑送回
妳們交換言語的聲帶
妳們默默一角

而昨日的妳們則成了
今日的咱們

｜100511

一夜晴

——致一夜長大的菁英份子M們

某日，寂寞將你喚來
說夜半裡有人要同你遊戲
時間次數，不拘
玩法道具，不拘
除了背叛的條件外
只要開心就好

大概是借據寫得不清楚
你的女人從果核深處
潛回一疊切結書
說是租用到期要再續借
這口頭諾言已經跳票
借據的複印本尚未完成前
不如多買幾個蘋果
等待夜黑

在柔軟乳房上刻滿信仰
永誌虛假的時刻

朝硬挺的陽具綁上信條
永續菁淫，賤立口悲
往交合持續的媾口貼上布告
永結交歡的片刻
落入久恆不滅
高　潮

笙歌後唱的是歇軍令
許多體液經紫外線照射後竟無情
質變一夜時間！　親愛的M
不潔的粉塵逐漸睡入
離析的耳語也充斥
卻不敵那一聲聲「寶貝」
「親愛的」——

M，你是夜裡行動代號
奪回所謂寂寞的槓桿
在春天溫度遽升所有
的人都進行黏稠的感情所有
的屄都迎向同一個世界所有

的乳房都化成安逸的溫床所有
的M都橫躺在裡面……

｜100706

島旅

情緒一睜眼便瞥見日光
著好裝
前往時光的休息站
進行水平線上
約會

那時速變得好緩好緩
繞著光切的邊緣
日光佐在東角
闔眼的路燈是兀立撐傘的耆老
漾貌著　水珠
法令紋得溜滑梯而下

路經一段為時不晚的秋
三腳楓與哼唱和諧
飄落，順著風吹落的軌跡
將冒險送往前方
未經的世事

停下腳步聆聽
齒葉蕨與濕氣的對話
錄上一段給遠方的逐漸遺忘的
是否那文字也能纏綿？
縣□□甲道上馳騁的撫面
他們的花落後
他們的花落後

濱海是山的愜意
面山是我腳下續約假期
若夢的行程沿途停靠
靠近的語氣
彼此交換
那是現在最不感到疲倦的時刻
儘管旋轉的輪持續旋轉
旋轉

｜100219

不只沉默的艦隊
——並致茉莉花革命遍地開花

銳利的文字躺成一列
魚貫著　尾隨
輿論，在挑起情慾
刻意扭動過熟的桃子
遺忘了枝椏上搖晃過大
清醒得折斷
一棟國家裡的樑柱

這棟宅體的裡外
皆是補強。
釘子嫻熟地掛在牆邊等
待讓秋風扯破的外衣
適時回到原先位子
幹起另一份
強迫退休後的掩飾

它可以沉默
它不怕心底話被傳播

到世界各地的電子箱內
誠實的字眼跟著
纖弱的魚麟光在萬千髮絲內
甩動尚未褪皮的果實
這裡頭啞巴了，不叫春
那還能勃起嗎？

文字反射在黑色屏風上
他們意會到謎底
隱形於刻篆的臉龐
若不是眨眼，就會傳染
每個文青自以為是
在這棟過於龐大的艦隊裡
各自尋找可親吻的女體
交媾，為這抹自由尋找
繁衍的道路

嫉憤的文字仍舊銳利
它們穿梭超現實的意想
每個人腦海內總是向隅一端
自得安穩的鳳頭椅

搖晃，自得其樂
直到鑑隊不再無聲沉默
遍地開滿起義的花
而重新修葺
失修的樑柱裂隙

＊**茉莉花革命**（阿拉伯語：الياسمين ثورة），指發生於2010年末至2011年初的北非突尼西亞反政府示威導致政權倒台的事件，因茉莉花是其國花而得名。2010年12月17日，一名26歲青年穆罕默德．布瓦吉吉（البوعزيزي محمد）自焚，觸發境內大規模街頭示威遊行及爭取民主活動。事件導致時任總統班．阿里政權倒台，成為阿拉伯國家中第一場因人民起義導致推翻現政權的革命。（資料來源：WIKI維基百科）

｜110222

輯二　油畫

油畫‧Ⅰ

他
狠準得，打上幾槍
穿過我的胸膛
倒
　地
碎
　成一片
　　蒙娜麗莎
　　　微笑

｜101107

油畫・II

他　把自己笑得好青
竄過我的影子後
酒杯，臉上暈眩
整片印象醉臥在河堤邊
蛋黃　讓倘佯給釣了上
來，妝綴魔幻
　　　　　時間
　織一抹　青
　　　　　春　流金
你來　我來

｜101108

油畫・III

把那黑櫻桃　收好
葉　樹林裡斑駁整個　春
天　如同先哭過整場寒冬
再腫著眼，色盲得
流洩，座滿森林　時間
橄欖得綠，氛圍提進　揉搓
成的暗灰，掛在來時的路面
你是幻想的口吻，在
我的季節裡
　　捉　迷藏

｜101110

油畫・Ⅳ

意識　吐出一片花紅
讓　剛死去的咽喉
冒不出屍味。我依舊穿梭著
她的光影　恰似一抹月顏　斑駁得
鑽進花白的線體　翻捲在
大地裡的哲學課，始終存疑
　　意識的死因
　　　　　不單純於
　　空白的繪布上。儘管
我的視覺　有個折角潔癖於生死論

｜110103

油畫・V

城墩一頭　有
靜寂的燈蕊　擾動
夜的腋下騷癢　吐
一霧極白光影搖曳散
亂著，撥動紅黃般的舌
與　月神微笑神情　互換
彼此自信的一只
　　　　・八　心
　　　・八　　　箭

｜110113

輯三　夢囈

入睡

許多隻羔羊
都躲著
黑漆般的闇火燒所在的方牆

月光搖搖
浮雲搖搖
夢
搖搖

要是
數著數著
跳進火山
灼燙幾片白棉花
可否疲綴得滿
蠹魚世界

許多隻羔羊
都躲著

都躲在你的闔眼

| 090809

層玻璃

一眼望穿
兩具平等平原相疊，交集
呼吸同一天空裡呼吸
環環正切於崩裂
之前

類夢境如你
類琉璃瓦似你
乘艘船切向透白的軀殼
進入不再生老病死
呼吸同一天空裡呼吸
腳下的錦鯉
自在裝綴玻璃裡玻璃
層層地，游移春與春天交銜情與情愛

孩子的彈珠
汽水裡瞳彩漾滿
幾種果汁裸泳在不外遇的泉區

交談並且
相互撫摸，安慰
直至今日，還不曉那耳語間
是否貫連處子臉龐

將面容恣意框裱
欲跳脫水晶裡公主表象
讓情緒張慌放軟
畢竟，你是如此平實
質樸，一塵不染。
認識你，但你不熟稔我的面容
彷彿見從馬賽克縫隙裡
窺伺更多偽善的面容
也為這世界
平行裱褙

謎樣某女口語中的輪廓
深烙透明的冬瓜瓶裡
肌膚年年如你
細微的掙扎在毛孔裡立現
從那時起，便不再

一眼望穿，儘管
呼吸裡呼吸玻璃裡玻璃
切線上滿住你的懷念
往往崩裂
於世界起建之際

｜091013

葬花

風切開
你胸前的一朵花
花瓣掉落的方式似高樓大廈解體
所有詩句都抱頭逃竄
唯有你，不疾不徐地
用很正義的方式
將他埋葬

舉行哭泣的喪禮
你身旁沒有抽噎
沒有堆疊的輓塔沒有過度的奠儀
沒有家屬除了剛才想叼走他的貓
剩下的只是風吹
把拼湊好的花瓣又
再次吹亂

下起無聲的雨，你讀詩了
像夢境裡唸得極為動人；

玻璃也讀詩了
雨滴透明曾待過的胸前
安穩且世態得一如常理
從容與夢境併排
有了格律平仄不過是必然

不過是瞬間的事
為何他四分五裂？
輕走過口吻極簡的靈堂
舌尖乾得像站滿許多人
他們都紛紛讀起詩了
為秘密哀悼他與他的裂縫們
這些與那些人都默唸起他的小名
以一種最虔敬的態度
表達憂傷

或許不再是完整的小花
至少他經歷過光榮正義
哭泣聲不過爾爾抽
噎也只是一種反射
然而，他死了

用一種壯烈又尊嚴的方式
散盡青春。你我都知道
這沉得有如一面國旗緩緩加蓋
就好像看見他才剛離開的事實

｜100512

尋夢的男子

我曾嘗試將夢收
回到時光的小麥
豐收時，也讓滿路穗末
紮實得將記憶
落下

半路，寢過一寐月光
每當短芒搔癢耳際
靈動，突如其來
領我穿越秘地
逐漸淡忘，來時的
路

背離之所預期的
冀盼總繫在狼群身上
牠們引領著我的自己跟著
祂的腳步，潛入

一抹燒紅的
夏夕裡

於是今日的我的昨日
鑄成一本有鎖的記冊
每當我想慢悠地跳入雲霧裡
就寫些麥穗的隱事
偷笑，接著將記憶舖排
在夢的邊陲
祂必經的途中

| 100720

相反

便讓我銳利得
切開你豐腴的外表
儘管此刻的自己與自身
影子骨瘦如柴，只想
就這樣躍入夢裡
讓顛倒的自己
與你顛倒

自己的相反
相反了你，相反鏡
右撇子不左撇子
左撇子顧自己撇字。
刻意對著前方微笑，翹起
竟是遺忘的嘴角

被剖開的胸膛飄浮
與海連接天空的一線
有人說顛倒語態太冰冷

我告訴他是在冰河上滑行
撐著風，唯物論的帆
逆向真理的航道
逐於夢隅

在情緒上種一棵樹
葉脈的增生是摺疊皺紋
要是我能為你老
或者落葉能覆蓋
腳邊為你刻下的墓
碑的字

於是黑壓壓的眼珠
從斑斕七彩的窗台，透光
凹凸的平台交涉夢境
許多背離者都脫逃到鏡外
問他們要護照
他們只看見鏡中自己
如同夢拉下窗簾

我試圖解釋這假性暴行
避免在邊陲上盪最大幅度的鞦韆
夢的可信度正進行思辨
然而，顛倒的自己
已與你顛倒，就像是
在境外叫囂要求遣渡回家的
可議份子

｜100728

夢・或者邊緣

用一支筆
喚醒城市中沉睡已久的
夢魘，行道樹得阻絕
於前行視線，此刻
瘋狂捕夢的網
正大張旗幟蒐羅破碎的
遺失夢囈的洋裝

隨後拉開筆蓋
放出一群群振翅霓虹
長眼的物體嗅得慌亂氣味
在某個論點的謬思
準備佯裝成一只巨型停看聽
對著隨即橫臥於此的夢遊症患者
指揮著，並不停止搜尋
一個夢，不斷重覆的洋流

寫幾個字
造一座邊際效應，就以為
能將夢送往外太空去
持續漂流的畫面正在蘊釀
或者中心、幅員或者邊境
引領層層抗起的聲音
在宇宙拒馬前，衡量
並打造一種城市底的傳染病

或是，墜入夢裡
人說在夢境裡摔傷不會痛
但避免無法寫字得保護手臂
拇指跟手掌得要心寬與不胃痛；
或是，墜入夢裡
在邊緣圍成一圈挺起豐年祭
戴上花圈自我感覺良好
然後聲音即將隱入
隱入洞裡

或者，不要醒來
不被刑拷依舊能閱讀與辯證

間或清晨和黎明
跨過現實及自然，一支
筆的赤裸，破裂的鏡
時光裡反射，還是穿起碎花
布格的洋服，潛游意識
在夢，或者邊緣

| 100729

咖啡潛讀

他們刻意
夜幕低垂時
一顆星星試著在河邊淺嚐
胸口，開始苦了皺了
像吞下一坨焦烤的泥團
潛入體內洶湧地拼湊
裸裎的文字

純情男子在油畫前頑固
得像攪動少女的微笑
她拉下一面鏡
裡頭有欲惑表情
妝演張裂垂直與平行
液相幫襯中延續碰撞與指涉
外衣是烏亮卻又雪白旋
繞語態拋物線而落下宛如
失速墜毀一片
未經世事的土地

如今我開始曉得
它的苦有多深厚
像特意將秋天的胸口挖空
放入一頁未竟的童話終章
選擇在角落位置
靜靜的脆弱得翻閱
只是，最後自己也將
退化成原始的文明
在夢之前
在他們之前

＊為參與2010風球詩社咖啡館現代詩展——「咖啡詩光」之作品。

｜100712

詩繹者

理解時　時夢寐
思緒開口說話，翻動　迫浪起伏，情緒緊轉
樹林裡，葉片倒轉　海水睡在彼此懷內沙灘
日光斜向閱讀　粼粼波光起戈

每每我移動位置　一直持續翻閱動作
內心的冊頁，如曇花　他們的境況美麗與否
開了又　沉沉　若　含羞草
睡去　睡了，不再惺忪

| 100914

囈病持續

望
我的喉嚨裡，深
更深的黑洞，有病呻吟
語態持續發癲
暢一線文字的泓泉
洞內，果凍化

囈病已不是口水舔舐
解決在於把洞填補
層層掩埋仍見病體竄出
追逐詩體的變態
行為宛若書籍翻閱
寫成劇本
開拍電影
持續，上映

我眼中有
你偶然投射的感傷

苦苦滑過病症466號（這囈病不輕）
在咽的懸崖處開了朵花
針螫得刺人感染病囈
手舞足蹈，跌進
文字裏的黑潮

噢
原來是一場夢
已搬得腦袋不在原地
我手還在，還在
唇邊還有紙可以用唸的
唸出來吧刻錄精神化的洞穴
鄉音仍在，我回首
呻吟的鄉愿
囈病持續
黑洞持續

| 100919

逐波

我們輪流開往潮汐
他睡在我的眉尖
月光下探
岸礁旁灑上粉底
企圖掩飾
凹凸的感傷　縮在
不太表現的嘴角
揚起
一捲捲波浪
斷在追逐過的視線

他醒了
又睡　睡又醒
隨即的目光直向我們投射而來
身體銀亮　濕潤
膚白姣美
在光線微暈的籠罩下
我們輪流開往遠方潮汐

他仍躺在我的眉尖
久久
不曾動容

| 110408

輯四　詩的晚九朝五

貓的憂傷及其不被存在的存在

圍牆翻上了夜
噠噠
　　噠
噠噠
　　噠噠噠
噠
　　噠噠
　　　　噠噠噠噠噠噠噠噠噠

貓，逃離寂寞
倏地
無關皮毛
無關魚的身體

｜090513

把寂寞揉進

我揉了一夜寂寞。

靜靜咀嚼可以望見月光的窗臺前的綠色植物
回溯當時妳眼角的視線
那月光依舊姣美，映出眼中依戀
我把寂寞揉進心澗
妳說妳大可依賴著
不吭氣　也不熟識我的臉孔
只無聲地站在孤單一角
形同唯美，形同我心中豢養的遺憾
那外表雖華麗
也依然像靜臥於我床邊
那窗臺前
綠色植物

那是我手緊握的
妳夾於我的手汗裡
游移

| 090610

爵士與貓

夜，過度過度了
。。倒臥路邊的酒醉
貓，醉。墜了

三線燈下，爪
踩五線譜上。。
墜了，醉，貓；人影
穿過房屋體內
房屋體外有人影，噢跳舞跳舞
吧跳出一雙雙瞳
裏頭
　有一
　　隻過
　　　度自
　　　　慰的
　　　　　貓

過度過度了夜。。
醉酒倒臥路邊。。
就
穿一只馬靴，跳上月光
往沒有色差，小宇宙裡
去

｜100609

靈魂錯落

——它無形得自己，我有形了它

夕陽準備下班而夜燈接替
一燃火燭的徐燒
冉起人形兒
教人不自主懷抱
會呼吸的死隱
就乖乖得學習置換顏色

海躍過的平面是灰
反映一片星座的萬箭穿心
錯落大地是謂神秘光害
從容切入漾開的空間
喘息著，被迫著
來去光與暗的窄體內
我微笑化作第某個星座

它無形自己，我卻有形了
它，說它講它畫它笑它鄙它穿它捧它作
它，追它習它諧它謔它戲它躺它迷它吧

它有形了，自己
卻無形。處於無聲空間
裡頭專心一樣事物
儘管陽光穿透我
仍情願橫躺自己的內心
畫自己輪廓

燭火後，靈魂開始壯大
我是否能明白
徐燒冉起的人形兒
正一步步向自己走來
準備拉開胸膛的血盆大口
將錯置的紊亂的靈魂
抱持一種態度，安靜得
擁入名為虹的夾層中

| 100930

寂寞變形

從外太空歸來
視線遽變成無法停止的怪異
站著像是離開
躺著彷若睡著
酒杯搖晃身子直往桌角
頎頎獨自跳下懸崖

我的臉彈奏手風琴
暗自百葉窗的摺變，滴滴嘟嘟
自機械式性愛裡拔取
在大象鼻中溜出滑梯
牙齒冊葉不紊
向下，交錯不止濕潤
那是魔術師手中的一只戲法
白手套裡滿藏秘密嚇得
手心都汗滲

咖啡誰道名為拿鐵
過路青春私嚐
氛氳繚繞整座樂高玩具城
甚多靈魂揀了數個幾何
給湊成，毋論正或不正的多邊形體
都讓時間給算成角度
有些臉比較尖
有些則隨光陰老去

善讀的腳步陷入____
$\alpha\ \beta\ \gamma\ \delta\ \varepsilon\ \zeta\ \eta$______∞。
______啊呀！有詩集跌落
我的腳踝給打了折

往來寒冷渡我一腹愁緒
儘管，從外太空歸來
視線遽變得怪異
那麼河馬不是河馬，犀牛皮
褪成內斂的日記內頁
翻閱，記憶向深處____沉澱（甸）

書本裡
鑽探竹窗過的吟誦
陣陣配合我無動於衷的寂靜無聲
默默，在床邊
獨自動作

| 091110

天亮

天亮以前———

腳步是微醺的　微醺的腳步是□□
夢境是自然的　自然的夢境是□□
人們是渺小的　渺小的人們是□□
世界是無聲息的　無聲息的世界是□□
呼吸是疾徐不一的　疾徐不一的呼吸是□□
慌亂仍是種必須的　必須的慌亂仍是種□□
年年總是朝朝興起的　總朝朝興起的年年是□□
膚淺是不太必然的　不太必然的膚淺是□□
假裝也只是秋風走過的　秋風走過的假裝也只是□□
執著不算是種絕對的　絕對的執著不算是種□□
生活是緩緩入戲的　緩緩入戲的生活是□□
寫作不是一種辛酸代價的　辛酸代價的寫作不是一種□□
流動是不固定的　不固定的流動是□□
詩創是絕對自由的　自由的詩創絕對是□□

天亮以後
我們需將蠹魚與言鳥放行
讓他們回歸與解脫
詩的談論不再激情——
你是我，你在白格內看我
儘管爬行牆與牆間，你的臉
有我的臉

在詩句換日線以後／以前
彼此不斷抵達
不斷飛離

｜110423

輯五　自體感官

我們談詩，不談感情

詩集裡躲隻蠍子
一如往常般信手翻開
冷不防螫向
許多原是枯萎的花朵
紛紛活了

途經花田，你說花瓣如你
轉面，悄悄窺伺我的表情
於是，笑著離去
始終專注著詩的身體
偶而揚起嘴角
詩意
漸地飄浮在散播後輕曳

之間
一段不算短的距離
我們談詩，不
談感情在那下過小雨後

午時轉角
藍麵包店前一把濕透
的粉紅傘的保護套
許多個透明分身或靈魂搬運之間。連結
可否停止
便那樣的一直
一直
隱隱去微笑，彼此
不打破

感性與理性
平衡木上永恆的推敲
比如月亮看似皙白而堅強
其實易碎
就在我們對著黑夜有著不信任
便成了詩活在身體裡的
理由，沒有交集
彼此卻能談心，親暱
一層層如漣漪，層層交錯
來回

一度以為自己是隻蠍子
然而，當被翻閱
開始，我螫向一段不算短的
懷念

| 090704

側耳

刻意將窗戶推開
傾聽遠方的要來未來的停滯
說有雨，我聽見潮溼輾轉
一寸寸滲進內廊
似相思蔓延

今日氣象報導指出
北部偶有雲雨，南部晴
我餵養的一批植物
結了果，有些隨風吹了
有些順水流
有些，則跟我回家

接著特意把日記挖個洞
準備種在靜默的地點
或許會乖乖萌芽
正如我所盼望的一樣
等到長大，便長出兩片薄翼

遠離你我碰撞的火花
朝已開啟的窗外
飛去

之所以將窗戶推開
是為了收取一些風帶進的消息
你的眼睛是深藍
適合一點乳白
咖啡不完全是淺黑
是因為時間奪走了靈魂

憂傷與期盼
是夏天裡的滯留鋒
我感傷所以鼻塞，雀躍卻反而咳嗽
也許就是遠方
梅雨季快來了吧？！
然而在這之前，不知名的
輕敲我的耳膜
說要帶我遠離生活的瑣碎
於是，折下兩片耳朵
裝上

倏地消失在
巨
大
夜
空

｜100225

詩・兩棲

不由得分向索討分類生活
日光刪去許多哺乳動物多餘的潮濕波紋
同意波粼為暮色產下一子
游移水面，橘黃的
替藍紫的河，蓋被

文字沼澤適逢秋味
老鱷點盞煤燈牽引光的流浪
搆上幾撇曬過月的卵形
包裹燈下談論的春風
蠹蟲躲藏層層辭藻
在我傳統外皮中裸超現實的骨

或許正缺棵處女樹吧
滿掛詩生態的長成過程
流域不時略帶深白霉斑
時光在潛伏裡對呢喃換氣
與無常交換體液

於是寫詩聊表關於時光在文字裡漸層演化
有時是一尾蛇信尾隨
有時一如灰的遽變
有時扭頭離去過度的褪皮
動靜交雜生物鏈
接續

水面下，口舌徹底盤旋
一時爬蟲的眼
一時泥濘未知的虛偽
裹滿草綠體液；它處滿是篝火炙炙———
別望，我只是詩下的飄忽少年
沒帶幾只羊皮筏或篙子
無法渡向它方

雙手掙脫陰天
此刻，人形雲朵龜坐
酩酊大醉暈向那不被理解看待的天空
它不屬於游離只屬於空氣
形同無感膚觸
我僅活在情感深層它活於唇齒之間

待光線來不及射向過往
請允許我吮些氧氣
僭越魚人的鰓
生活
或不變的自由

| 100525

熱血與懶懶
——致兩種極端的個性

一張運動後的紙張
齊放直條紋線衫的內襯
濕潤的手腕有血管爆衝
躺著望著汗漉在移動公車
買票的鸚鵡想飛於是迫不及待慣性去動
沒買票的木頭呆滯咬了本詩集靜靜安坐
mp3那節時光裡流轉
吞吐旋快旋慢間一張
薄紙重量

在天秤上端坐
你汗濡了我乾癟龜裂
廣袤佔據但不需砝碼加持
向著傾斜而去傾斜的不由分說；
上上下下旋轉木馬活在眼的視框
拔河比賽，拉鋸是左左右右的平
淡如一碗失嗅湯水
嘸後，或者加點鹽巴醋

平行不比垂直討喜
速度是遽性移動卻漫漫
熱得發燙的芋形心臟用來振動
飛快對諷咖啡玻璃裡咖啡人
挑起白耳慢條斯理著空氣裡跳舞
只有輪廓沒有實體畢卡索印象化
的印象瀕死的自以為是已逝去的
錯覺類如守宮瞪視獵物

鐵道情緒緩緩相接推送兩種肢體動作怪異的生物
灰牆送進兩個大小不等錯置空間
其一，過度不已的自瀆
其二保留異味從心臟散逸
向信仰租借到期是火車嗚咽緩緩
駛過緩緩駛過七情六欲

靜綠葉入住動紅花
花瓶線條如旗袍滾滾蔓藤
靜候。蛇在空氣裡褪皮
赤裸看見肌理究竟死活

在時間不吹冷氣烏龜不打寒噤的籠裡
我們雜混我們混雜
這年代類如失速鐵道陣陣
誰也不欠彼此

｜100629

哪個他

是如傘花綻放
蕾絲邊緣滾動舌狀浪裙的夢境
淋入城市裡紅綠乍現
冷冷的牆有鳥巢築
思緒的彎曲側進六月熱
我望見他的比基尼在選舉旗海
內搭洞洞背心

是一種海流
從燈塔的腳邊滾回海岸
哪個他是時光旅人
帶著一個過期玻璃瓶裝有
以前的風聲、凋落的葉與那
笑聲好久不見得從緊縮已久的瓶口
把想說的語態封進
六月天，我的靈魂都蒸
散到了彩虹邊陲

是夏日的雷陣雨裡靜漫
時間荒廢一個午后
那個他是丈量後續
光的照入那人迷濛的雙眸
旋轉律動讓我可以選擇
一個季節讓我可以伸展
如一片恰似萌芽的新生

是與海相銜的山丘
及呼吸共存的綠化肺葉
展動一場制度文明的逆襲
策略性在記憶的酒宴上
辦起如逝的家家酒。哪個他
是對上帝忠誠的神父，我是欲
求告解的罪人，隔一扇
同性的窗簾

哪個他該是那個他
雨中被擊中的殘敗
愧辱得像一桌便宜酒菜
該是時候讓這座城市浪漫起來

於是我向大樓的鐵窗展示瑜伽
揉動極端屈體的角度
恰巧是那個他的眼神
向我投射距離的最大值

| 100620

報紙的遠行

我始終西裝筆挺
遊走，將墨汁染身
輿語洗刷過於匠氣的邊幅
被聲音痛擊，教人
學習如何對文字
不設防

購一張無形車票
自由得切過整條馬路
而我，始終西裝筆挺
不發一語地
端視，憂傷的四開視線
直到遠行的腳步
逾恆

| 101006

詩被秀

別
隱性竊取我的美麗
披上落日，肩膀
在心裡彆扭著糾結
像個不被疼愛的小孩
把青春的滋味
恣情揮舞

有時害羞
如同掉進一座空城
我獨愁在過鎂的炮火中
啖一片菸霧，咳出
一卷龍形與虎影
正當我甘願躲進這場爭辯時
眼窩卻逐漸下滑，直到看
見一只外翻的表情正赤裸得
卸下防備，像是
某種過期商品

準備
上架

我的美麗
似乎過於隱藏
最後才在迷惑的黑洞裡
找著了它，試圖安撫
過於緊繃的言詞
給予安穩的輕語
張慌的神情，我們不要
騙取被迫以欣賞
儘管，這只是一段
不太入流的過程
濕漉上演

| 101111

而立的鴕鳥

背對一片
幾近荒蕪沙漠
我來到一只深不見
底的洞穴望不著　未來
回聲滑入，如石　沉海
　　作為一隻而立的鴕鳥
固定跪膝，舉頭　埋進
黑暗中，聽見戲謔性的
笑
就在即將被割
　　　　　頸

　　　　　當
　　　　　下

| 101116

無詩

或許，從我的眼角
可以隱性察覺到
此刻還未有一年半載
詩堆，萬紫千紅
攀爬年歲，取得最樸實的
自我，就在眼前
已是不惑得攪弄一池
漏洩的春水，要是
可否敏感得感受
詩意在皮膚上流動有礙？

的確，我眼中已無詩篇
僅有為難許久的口語化
深鑿牙根底床
有時，炮擊我　給予恫嚇
有時興起革命
在腦海裡擬好的文字
亂如星月　無光

沒錯，灰裂的外衣下
我已觸不著詩意

除了體制下的文學塚
穿過冷冽強風
尚還看見頭骨遺憾得半掛空中
搖晃地　談論離騷
風濕　在花開結果日
也難逃一日凋零脆弱
剝落的瓣片　橘紅得緊
只見夕陽已逐漸沉入海底
而我還在追求它
餘下的光影

| 101214

讀我的感官

我哀求著
讓他們都進來
進到那些輕蔑的視線
角度，忽明忽暗
似乎讓自己從無比暗處
走出幾處斑駁
許久的影

不曾訝異過我的
表情夾帶許多
偷渡過海，大剌剌地
過於自信的氛圍
氤氳而生不只幾許裊裊
煙霧撩起一隻水鳥
輕掠我
過於抵抗的感官

我與我們　寂寞嗎？
影子輕推著那片
缺失的背影，在城市
光影交相錯綜
時間依序疊起一圈
預備離開的數字幾乎
空白了自己

也不曾想像
如此輾轉得碰觸
一度敏感過頭的猶疑
他們像極了小孩
自由進出我及我憂傷的影子
只為消化那些執著的自滿
在這片人影底下
重新拉出另一個我

｜110204

寫不出詩的詩人
——並致女詩人阿米
——記與她一同無詩有感

我是一個不舉的旗手
每當行經春風
下意識會想撩撥裙帶
讓火球炙熱得划過肉體
卻從不見蕾絲的褻褲
跟著隨風起舞
擺盪，以及搖晃
支撐的木樁

左眼的雨勢漸微
右眼還是射進暖陽
終究感覺到我
那隨風擺柳的腰
逐漸傾向某個淡忘的季節
棒棒糖融在嘴裡
只剩細長卻羸弱的一根

升旗之前，要先
步履一條蹣跚的時間
中軸對準講稿的敏感帶
腦海內不斷地撫摸
準備起浪的帆船
正準備翻越一座精緻打造的
山巔那兒有幾戶養雞人家
他們的公雞都不會叫

畢竟我
手上仍緊握著
荒誕不經的世道，但那
裙帶一直飄揚依然
嘴角的扣環還保有升旗的結帶
竟也記不得
上頭泛出什麼色調

而我
僅是個不舉的旗手
在眾多目光前拉扯破損的絲帶
光天化日下，只能

看旗杆上那張臉
獨自
浪
　一整個下午

｜110215

揣寫詩人內心生活的短句組詩系列

｜手電筒

夜裡
有光照明
只見你的眼睛
將我的骨頭
一清二楚

｜分裂

人民的手臂
把街景劃開
一條虎咬爛的裂縫：
右邊是國家的尊嚴
左邊是人民的尊嚴

｜螺聲

時間鑽入海螺的曲隙
你的柔情，似水
自岸堤旁拍打
如歌般
洗出一首C大調的遠望

｜折舊

蠹蟲
翻閱我不曾剝離的憂傷
逐頁
將念舊的皺紋
折上記號

｜頻率

路燈
把地面踩深，更沉

光線，越揚越高
離眨眼的蠢動
越來・越厚

｜冬眠

有熊入侵
雪，嘩地一聲
夢境
睜不開眼

｜別日

撕開
日曆紙，薄
如一日二日三日四日
漣漪般
漾開・我的存在感

｜改變

掃一地大葉欖仁
樹的葉片
有些我的，還未
變紅
變褐
變腐爛

｜出版

自費
出了一本詩集，裡頭
只有蠍子與獼猴。

末頁皺了一條
換日線

｜印刷

試著把臉捲成麻花
再用毛刷・順平
讓它躺成一疊
宣傳照

｜讀信

手指將指紋留在二十年前
信紙，揚起一陣
爺爺點掉的
菸灰

｜獨自

一片寂寞
晾曬在玻璃窗上
人們經過都試著

拉
動
　它

｜民主意識

砰
穿過驟停的眼球
流滑出
青天・白日
滿地紅

｜河

你是心中的河
當輕舟乘風而過
也在我胸口躺出一只
裂縫也在我胸口躺出一只
島嶼

｜想像

是一只包滿字花的琉璃
供人沉於心底
暗自賞評
噢
順手拈上一朵小野菊吧

｜閱讀

往你的胸膛切開個洞
裡頭埋種些甘蔗苗
不久
宿根得，活了

｜讀詩

欣賞
雨天裡
別人的傘上花

｜翻信

尋找
屬於自己的鵜鶘
久久餵牠
一次

｜讀信（2）

拆信刀迂迴昨日的激流
釣上
一只
亞里斯多德的
　　　　　鞋

｜110225

飛行桃花

飄搖起伏的性戀
轉身背離人群
流連異鄉裡的情緒反應
我的背後有棵茂密桃花樹
每當生命反射出　虹
開出有翅的花
離開家，尋向被理解的
念想　自由滑行

曾將理智浸泡在
性欲內　黑色枯萎的葉
刻意在都市的披肩內
遺留　不須特別躲藏
深怕過期的瓣片
影響街道

在自以為的愛情裡
蔓延，時間勃起的光影

交雜成雙的中心唯物論者
讓桃子肥厚的臀部
略顯瘀傷
爛熟

熱熟前一夜記憶
刻意忘了使用保鮮膜
表層過度灼熱　燙傷
十分迅速，內層
卻猶如處子，感受不到
飛翔的愉悅
是翅膀瘖啞了還是
單純桃花內有防空洞？

我的性戀十分深刻
像雄花粉自然緊黏雌柱頭的分泌
一連串分裂後，是否
還保有初初擁抱的喜悅？
於是，我選擇背離人群
彷彿是選擇忘記聲音

毫不遲疑地
往半空中飛去

｜110119

鴿愛

我怕我以為
我們說了不要愛正如
膚淺地游進一灘水
關係如同拉著手
站在水中央
任憑隨意停靠的鴿子
咕嚕一聲，破了
空氣中的寂靜

牠們從不承認是經過
而我只在乎看見牠們自由飛翔
以為我們是座島
中間有顆心臟
裡面有本私密日記寫著
：「我們不要愛」這像是傻瓜
手中飄散的紙屑翩翩
捲進眼裡　泣血

說了不愛又何必
打發牠們，因為島會移動
心臟會偏所以
這本日記需要多點空白
置放過期的思緒
好讓牠們在經過時
能夠辨別
愛或不愛之間
斷裂的平衡

我依舊認命
在原處划著船等待
衣服上有多餘的袖折
鳥屎兩處　分別
是轟炸過的重重思念
牠們曾經逗留予我曾經愛過
哪怕只說了我們不要愛
未知的未來在牠們望似平靜的眼裡
漣漪，慢慢迴繞
。又　破了…

| 110317

輯六　戀愛未央曲

遐思

我是離你筆尖
不遠的角色，跳進
時間，緩慢得降下階梯
看一層層百葉窗
正要把夕陽
吞下
肚去

| 101019

單戀

轉眼
是一個眼尾的踩踏
我總是習慣
　在雨落後
偷偷量測你　眼睫毛上
水珠的重量
儘管，日復一日
層層，滑動一只教人為難的
自
由
　　落
　　體

｜101213

曖昧期

我們很有默契的
翻出愛情
流感的威力在手心纏繞
適當的釋出另一個自己
彼此置放在青澀末梢
酸的味蕾，恆溫
包覆我們共有的閱讀

我們很有默契的
翻出愛情
便如同一棵樹上開滿了花等待結果

| 100402

初戀

於青春期時
不自覺停下腳步
花開斑駁的光影使我錯覺
來不及搭上那班
二十歲的公車

牽手的目的
不在於冬天腳步剛走
一粒果子漸熟
少女的氛香
如一根菸的氤氳逐一吞沒
我的五覺

雲的身體躺進我的衣櫥
日光比鄰而席，斑塊一片片
遭時間偷取
我還藏身在你的羊毛棉被裡
預習即將與你相遇

床單不過是世俗的人的眼光
我，也許你。將柔軟的
覆於背部，彼此好奇
試著觸摸泛著桃色的膚質
再十指交扣
安靜等待曙光掠於面前

或者
青春期倒下的，只是站牌

｜090224

午后記事

———妳
旋轉下來親吻我休假的窗口
秘密集會的下午就該有秘密的心事
對吐，重新檢閱渡轉時光
在行程表的偽裝下分段享用每節最短距離

時間一下午鬆散
忘了喝茶
忘了糕點一下彼此嘴角
人群流過視線，難得花園
蝶，似醉醺在花草叢間
植物慵懶地站在原點失了血糖
夢醒了又，酣然入夢
指針繼續疲憊

他們黑壓壓的擠滿街道
我是被注視的

———妳卻讓正直的陽光擊落
旋轉地摔個死美

秘密集會就該有秘密的美被捍衛。
那親吻過的語氣
有玫瑰相伴的味道
空間裡客家擂茶蘸過的時光
丟入生茶生薑生米
秘密的臉忽忽地漾冒出來
手拉胚一同旋轉・旋轉出該是秋日的臉卻春天的輪廓
滋一聲，打起噴嚏來

———墜落的妳是如此真實
風匆忙拾起妳的殘體
妳的秘密是我花園裡小花一朵
要與愛光合作用進行
靈魂交換
也不需多費神與夢捉迷藏
尋覓

| 100305

膚淺

這腳
　很癢
　　　。

被　齒　的　色　過
　鋸　狀　月　曬　…它
曾茂密得長出綠蕨
無數一枚夏日裡
潮溼表皮捲起

我瞧見血紅色氣球
穿越了　它

｜101228

波希米亞風的裙擺

實在很愛你波希米亞風的裙擺
在淡淡淡淡的然卻有些彆扭
很容易讓嶙峋的自我意識
愛上一雙雙不回家的腿。
你與我，有相同的夢境
波浪般地潮湧我過渡的眼
希冀挑起遠渡重洋後那冒險
米色的紙折成帆藍色是海，不
亞於此次順
風而揚起
的
裙
擺

| 100219

輯七　短印記

梧桐

總以為
時間是路人
途經梧桐
記憶皺了在枝椏冒燒
消熱一斜長你忘記數花的次數
以為秋至

| 090417

翻頁

一
　　二
三
　　四
如螃蟹橫走
兩只螯狠咬住酸鼻
肚皮下紅落一只夕陽
攫住詩裡三零五落
翻飛。五
六七八

｜090906

鍋內油詩

我們大可將腦袋置放墨油鍋內
炸脆輕易擺動的髮梢（分岔不算）
專注那些油亮星光
在晾曬區，兀自
柔性地象徵後現代之創潮
____。空殼子裡
豆腐花還正盛開
啵啵吟詩

| 091122

郵戳

在露臉前
揉一晚未知的色調與
一根筆桿兒自尊
堅強得
出嫁
換日後，齒狀花排擠你的青春
臉　處女不再

| 091125

耳機

情願在殼內當名間諜
調撥，向外頻率
蒐羅網內花花綠綠，向眼睛、舌
、心臟、胃、膽、鼠蹊部、
小腿、足踝回報
大腦對詩拜
托予防諜之保密情報

｜091126

熱氣球飄

女孩手心有了火燄
身體內陷入氣壓
預計是要揚入空中的一點紅；
竹簍裡裝著魚，蹦跳
差點滑出，好在這會有雲來鋪平
讓出一條記憶，浮在上頭
會有很多綠色植物
一路目送

| 091126

私雨

就讓文字的銳利遂割破我喉嚨
藏紅的鮮血將噴灑
倔強地來回諸多沉睡的詩句
促其甦醒。然我槁木
般的身軀
頓然失了重心誠如，那鋒面
順沿滴流著____。

詩的浮世繪

｜091225

醉酒

月亮鬆軟
癱瘓在光線的逕流

他們遺忘路過行腳印
他們捲進了木魚

叩叩！叩叩！
在霧裡暈眩
呀都忘了
呀

｜100201

影

沙漠中
毒寫兩疊影子
相信一尾已螫到你的頰
於是無形愈變腫脹
已腫至不見日光
　　日光
日光
拉我　　一旁思念去

｜100202

防火巷

一線藍藍的被單
讓風，拉開晾晒
有灘橘紅污漬在一角
私密的
繁殖。
為了躲進準備向隅的陰影
我連忙拉起一條水泥衖衕
讓貓與狗
跑著
追

｜100427

風箏

起飛的時候
是你拉著我跑

倏地迎向天空風穿過身體
牽著我不被別離吞沒
並給予一條
回家的路

| 100615

無氣可樂

將一瓶可樂打開
瓶蓋，讓氣氣氣跑走
接著
　感覺
生活
　無味

｜100705

筆觸

他決定
祭典時發散出一丁兒煙花
夢，被分解其光
芒的組成

繞出迴歸線上的
星

| 100813

下雪

雪
從天空滑下
　　　六角得滾動
　　　　　　是你
　　　　臉頰的眠床
　　　　　夢
　　　　　是融化的雪流

｜100817

影的聯想

影子被雷擊中
倒在地上
散成一片
惡夢，黏你的
　　　腳下
　　　做一樣的
　　　　　　事

｜100818

展示窗

轉角一叢光
栽植在祂的玻璃門前
匆匆行人路過
假人就這麼跳出
眼睛
外邊

｜100826

購物袋

雙耳
倒折成舊的手推車
置放，鬧鬧鬧的
　　　　　　感
　　　　　　官
氛圍
重覆
使用

｜100826

波羅麵包

總得愉快起雞皮疙瘩
轉一圈鏡子
我們都發現
自己的靈魂坑坑疤疤
一如經過社會歷鍊嘲弄後的
　細
　　紋
　　　　菱
　　　格

｜100916

張

我像一只翅膀
飛過，你的笑靨
卻怎麼
也
張　開
　不

｜101009

槍與玫瑰花

所以
卡片被浪漫主義輪番騷擾
字語間充滿彈孔
你我的眼神裡，曖昧
尚未日落
半熟的乳房　卻
散出光芒

我們的色調沒有問題
是我們的視覺
有盲

｜101201

街角

向隅了鈍
　　　　角
卻
逃不離　銳
　　　角

｜110106

遺照

我始終自恃著優雅得看著臉部曲線扭曲臉部表情
畢竟，鏡子裡
是一條抹布
並且適才擦拭過
一地檸檬

| 090731

鞦韆

我
存心過度擺盪
在別離意味郁濃的午后
一而再的
　　　劃
　　　　傷
　　　　　你的視線

｜110127

下樓

我的身體
一路
向下
串
出
一
排
羊
齒
蕨

｜110227

7-11

。
它
　什麼都有
就是
沒時間　陪我
　　　　　走
　　　　　　出
　　　　　自
　　　　　　由

｜110324

用用・立可帶

視線
倏地闖入一線
　　　　　白
　在我們的眼
：　：　：　：
烙　上　疤　痕

｜110324

創作後記

個人寫作紀事

誌謝

創作後記

〈自體感官〉一書輯收錄自2009年至2011年間，筆者所向外發表的創作，除了對生活細節的觀察與細品外，仍對於自身（或他者）的精神感官上有較用力的書寫，或許我們都在為這個年代做一些能力可及的努力，卻亦有力有未逮的苦悶，相對於在各領域產業上來說，詩者所能努力的，其實仍有相當空間。就吹鼓吹詩論壇一處而言，可說是大社會的縮影，只是相對於險象環生的大環境中，它較能有無形力量可支持著詩者。它凝聚一團相同意識的力量，用自我的文字表現出個性，衍生出對個人、身旁的人們、家庭朋友或是這個社會上的凹凸不平處有著極強力且矛盾的書寫，不管是點狀，面狀或是線條狀，詩者都以自我細膩的視角觀察並寫於思考面，不管是正向或負向，啟發出閱讀者的另一層想法，讓他們能藉由閱讀文字，閱讀詩，進而對社會產生關懷，或者刻鑿關於自我生長的時代，翻覆觀念上的盲點，也切合出適於生活重心的正面力量。

至今，踏進詩領域約莫六、七年，從不懂得讀詩到學著閱讀，從文字塗鴉再到試著下筆，有許多都是從挫敗中學習，但筆者卻相信因挫敗感而形成的養份定是不亞於一種生活經驗，因是一種親身體會而更難能可貴，如此亦更能學習到。這是一種感官上的自體調整。私想起，在台灣這樣的一個環境底下，仍有許多默默筆耕的詩者，監督社會的不平外翻處，為造就一條康莊大道，優美而好走，詩者們無一不嚴謹相對，用自我視線去穿透許多不為他人道的細節，以文字一一演繹，試圖將不完善的殘破處，小心翼翼地將它完補。這是一條相當漫長而崎嶇不平的道路，也許在我們痛罵人生的當時，或可轉過頭，看看路旁開盡極美的野花，綻放生命裡最美的色彩，詩文字，或許即是因如此而存在，因如此而美麗吧。

早在2009年之前，即以筆名：檽曦及網路ID：overhere在網路的平臺上進行文字創作，雖說在這個ID名稱之前有個鮮少人知的前身——andywu，這個平凡無奇的ID名稱下，筆者亦寫過許多與現在完全不同面向的內容，但皆潰不成詩體，充其量只隨寫罷。相反的，卻也感謝這個ID開啟自己第一扇窗，畢竟是學習創作的第一個名稱，意義重大，不敢忘卻。然在一次的意外中（NTU批踢踢BBS機台重整｜個人資料不完整），完完全全地刪去這個ID的一切，讓自己斷然停下腳步，因那時亦產生瓶頸，寫不出像樣的內容，故決定短暫停留後，重新出發（再行註冊一個新帳號），也因此有了現在創作的ID名稱：overhere。筆者不管是在原先學校（NCYU新綠園）的BBS或是NTU批踢踢實業坊的BBS上皆使用相同ID，此外，自身的部落格亦不例外，直到2009年開始登入喜菡文學網、吹鼓吹詩論壇及田寮別業BBS等平臺，以筆名：檽曦及overhere進行創作，至今仍有許多課題尚需努力。

筆者願自己寫的文字能給讀見的人們，心念兜轉一時，讓過於緊轉的線路能獲得緩衝的時刻。其實你我都是這個大社會裡的小人物，當我們用自我的視線去穿透如此緊迫的關係，或許可用筆去寫下一些字句，不管是對其一種感懷、警惕、抒發還是磨擦碰撞，著實就已是活在這變動時代裡的一種證明了。

｜20120131

個人寫作紀事

接觸到寫作，這得從久遠的小學生開始說起。但那是初次寫作，而非寫詩，為避免冗長的敘陳，以及與詩是八竿子打不著，就不流於水帳式了。請容許自己從真實接觸到詩的創作開始，娓娓道來。

｜2005年。以前。對，還是得提及。話說起要提到一個朋友的提點（這個人博士班好像畢業了），這樣的因緣際會是自己所不曾碰過（相當怪異），而今木已成舟，也不得不信了，因自己已一頭深深地栽進去。說到這位朋友是死黨兼同學，由於每個人都有自己的興趣，自己也不外乎，他對算命修行有著若有似無的嗜好，看在學自然科學的我們眼中來講，純屬一種迷信與無根據的思想，但有時真不得不相信……。某日，在一個晴朗午后，他突然轉過頭來仔細端詳自己的臉，說：「你的臉看起來一點特色也沒…」，當話說未透，我正想回嘴，他又接著說：「這種書生臉，你以後應該得靠筆活著吧」，那時的自己並未太過在意，仔細想想，似乎自己對於文字的喜好程度的確高於數字，雖就讀自然科學領域，但是，看見化學式或算式總是難受，新學期的開始，竟然對書本亮麗的外表與書內頁的味道產生喜好，卻不得不說還是有些印製書皮的膠仍有難聞的氣味。說到底，空閒時喜愛寫寫東西，概許此時已產生興趣而自己卻渾然不知。現在，自己仍相當感謝他，自己不是迷信的人，但會照自己的直覺與感覺行事，既有感覺，就不須荒廢，試著寫寫東西，也算心靈寄托。

｜**2005年**。以後。開始以櫺曦為名，發表創作。忙碌的研究所生活常讓自己陷於兩難，為產生實驗數據，不得不減少寫東西的時間，讓自己徹底埋於數字與化學式的摧殘。一次通宵趕實驗的時間點上，自己打電話給這位朋友，又不知不覺聊起玄奇的未來，他這次再次提及自己的宿命（哎呀，我只能歸類為宿命），又談及未來工作也許不是太得意，但總歸平穩，卻寫作這件事上，或許可幫助到人，也能幫助自己心性鍛鍊。經此次，即下定決心有時間就要進行大量創作。剛開始還寫不出個雛型，只懂得寫寫寫，然卻卡在實驗正如火如荼展開，當時決定也被順勢擔擱了。首次接觸NCYU新綠園BBS的創作版與NTU（PTT）詩版，開始創作並開始以overhere的ID進行發表。那年在網上有好幾個跟自己一樣的同好，幾位有心同學使得創作詩版相當熱絡，讓自己找到第一塊心中的處女地。

｜**2006年**。05、06年的詩作並未達大量生產的目標，卻因創作版與詩版上的討論，讓自己逐漸開了眼界，除了詩、隨筆，還有其它許多的文體，領域與評論。同年亦試著創作散文、小說，未果。這年因計劃實驗的不順利，讓自己一同研究的夥伴毅然決然離開並辦了休學（留下措手不及的自己），剩下的實驗材料，內容，數據，分析以及計劃報告，老闆說了需連同他的部份一起完成。接手整個研究計劃的份量，讓自己幾乎夜夜通宵，苦幹實幹下仍趕不及如期畢業，就這樣，延畢了……。

｜**2007年**。到此時，實驗與計劃的期中期末報告已通過，剩整理數據，撰寫最後的論文，並補齊一些額外實驗的分析，卻發現半年時間有些不足，又，同時間知道畢業後有機會到國外技術團工作（我們絕不可提及的一件事），決定延畢整整一年。如此卻讓自己在毫無壓力下，有時間埋首創作，但產量也只超出前兩年的多一些。自己試著向文學院的同學購買二手書籍。同年申請國外技術團成功。六月，論文口試通過，離出發時間倒數四個月。那幾個月自己許多創作與詩友討論，也試著參與文學獎的創作，皆落空，讓自己理解到離水準仍有好大一個差距。十二月，搭著飛機，離開了最愛的台灣，前往遙遠的台灣駐西非甘比亞農技團。單程，加上轉機時間共花了三天。

｜**2008年**。這一年，因當地網路不發達，旱季還好，雨季竟有次斷線長達一個多月，團部與各地方及台灣出現斷聯現象。此時與文學所有關聯幾乎切斷，在當地並未有太多資源可用，除了自己所帶去的書籍，就是撰寫詩作與日誌。年底，歸國，飛抵台灣，途中因在荷蘭的阿姆斯特丹轉機時，飛機發生艙門故障，整個行程嚴重延後，為了不過夜不得已與航空公司溝通，行程緊急更改為轉飛新加坡，再飛回香港－台灣。其間行李超重還被罰款88塊港幣。同年加入了喜菡文學網，繼續埋首創作。

｜**2009年**。因工作的關係，有充裕時間繼續創作。同年加入了吹鼓吹詩論壇、網路BBS〈田寮別業〉，努力學習詩學。同年進行相關投稿有成：詩作→《大學線上》〈煙火〉〈溫度〉。《風球詩雜誌》第二期〈那第十三小節前的降b記號〉〈未成年的大人〉；第三期〈至甘比亞生活有感——Sapu Banjul, The Gambia〉。並開始大量在喜菡文學網、吹鼓吹詩論壇及網路BBS站上發表創作。

｜**2010年**。工作轉職。回到NCYU職任教學研究助理。同年受時任吹鼓吹詩論壇創作區總版主－女詩人冰夕之邀，擔任該論壇小詩・俳句版主，並在職版之際受到許多詩壇前輩的啟發與幫助。逐漸將詩的創作由量化轉為質化，努力學習精鍊與創作。另受邀於學生社團風球詩社活動——2010年咖啡館現代詩展【咖啡詩光】創作〈咖啡潛讀〉一首（收錄於本詩集內）。

｜2011年。應吹鼓吹詩論壇站長——詩人蘇紹連先生之邀，參與2012年《台灣詩學吹鼓吹詩人叢書》出版計畫，出版詩集《自體感官》，並誠摯敬邀吹鼓吹詩論壇兩位詩人前輩：博弈與冰夕為詩集捉刀撰序。在此，萬分感謝。

誌謝

這本詩集對筆者而言，無非是人生裡的一個驚喜。

創作過程中，總會碰見靈感缺失或者失去信心的問題，但靜下心來細想，哪位創作者其創作過程未碰見失敗挫折？大有人在？或者可以這樣說。然而，最感謝莫過於在深陷泥淖時給予信心與救助的手，那些開啟創作之路的靈光一指，一路走來始終支撐筆者的任性文字們，有了這些力量，才讓自己能更有動力往前進。

一年了。自從吹鼓吹詩論壇（以下以「論壇」稱之）站長蘇紹連老師告知自己可出版詩集時到現在，已過整整一年，在這當中歷經許多事，考試的準備，從有工作到沒工作，從找工作到有工作……等，一年的起起伏伏，幾乎都在文字中度過。它陪伴筆者到過無窮深淵，也帶過筆者初嘗情感波動的滋味，讓自我能不致匱乏，給予心靈上的安撫慰藉，這都是它所奉獻的，無庸置疑的就是感謝文字創作所帶給自己的成長，靈魂因它而有光亮，有光亮即讓自己在迷茫時能有跡可尋。我感謝它。

另，感謝論壇站長蘇紹連老師的邀約，在細膩中催生這部詩集——〈自體感官〉，它除了是筆者數年創作下，去蕪存菁的倖免眾者外，也是筆者一路走來的歷史見證，經常在無數個日夜中安撫心靈的集結，或許內容不盡完善，卻是自己用盡心力後的殘喘餘波，願者細品，盼有天能給予讀者心中力量。我感謝他。

對於自己進入論壇詩領域的另一層世界裡，感謝兩位前輩的提攜——詩人博弈與冰夕。同時亦是〈自體感官〉一書的撰序作者。在論壇內受兩位詩前輩提攜的後輩有許多，受益匪淺，總在文章發表後仍不懈於回覆文章，得其詩見解，當然，雖吸收的程度各人各異，卻見其溫暖文字或是一針見血的評論，猶若當頭棒喝，讓自己或可突破瓶頸，一解心中渴望，感受網路世界中亦能得到溫暖，並獲得充實與學習的知識。我感謝他們。

在該論壇內，尚有許多曾接觸過的版主與詩友，一路走來受其助益良多，也學習到更寬廣領域的面向。自認不是個用功的創作者，看在自己眼裡，許多創作者都相當用心且功課備齊，令自己對詩的未來感到也許仍可抱持樂觀進取，至少在這樣的一個共同區域上，還是有許多力量等著實現。我感謝大家。

最後，感謝默默支持自己寫作的家人與愛人，因你們而讓自己無後顧之憂進行創作，或許這對某些人而言，並不具意義，卻相對於自己來說，除了是精神依靠外，已是日常生活中不致行為偏頗的依據與重心，盼自己能一本初衷，用心對待文字，相信文字亦會有相同的回應。我感謝□□。

——穤曦　筆於家中　新春　20120129

讀詩人16　PG0747

自體感官

作　　者	櫺　曦
主　　編	蘇紹連
責任編輯	鄭伊庭
圖文排版	邱瀞誼
封面設計	王嵩賀

出版策劃	釀出版
製作發行	秀威資訊科技股份有限公司 114 台北市內湖區瑞光路76巷65號1樓 電話：+886-2-2796-3638　傳真：+886-2-2796-1377 服務信箱：service@showwe.com.tw http://www.showwe.com.tw
郵政劃撥	19563868　戶名：秀威資訊科技股份有限公司
展售門市	國家書店【松江門市】 104 台北市中山區松江路209號1樓 電話：+886-2-2518-0207　傳真：+886-2-2518-0778
網路訂購	秀威網路書店：http://www.bodbooks.com.tw 國家網路書店：http://www.govbooks.com.tw
法律顧問	毛國樑　律師
總 經 銷	創智文化有限公司 236 新北市土城區忠承路89號6樓 電話：+886-2-2268-3489　傳真：+886-2-2269-6560 博訊書網：http://www.booknews.com.tw

出版日期	2012年5月　BOD一版
定　　價	220元

Printed in Taiwan

國家圖書館出版品預行編目

自體感官 / 櫺曦著. -- 一版. -- 臺北市：釀出版,
2012.05
面； 公分. --（讀詩人）
BOD版
ISBN 978-986-5976-10-1（平裝）

851.486 101003844

讀者回函卡

感謝您購買本書，為提升服務品質，請填妥以下資料，將讀者回函卡直接寄回或傳真本公司，收到您的寶貴意見後，我們會收藏記錄及檢討，謝謝！
如您需要了解本公司最新出版書目、購書優惠或企劃活動，歡迎您上網查詢或下載相關資料：http:// www.showwe.com.tw

您購買的書名：________________________________

出生日期：________年________月________日

學歷：□高中（含）以下　□大專　□研究所（含）以上

職業：□製造業　□金融業　□資訊業　□軍警　□傳播業　□自由業
　　　□服務業　□公務員　□教職　□學生　□家管　□其它_____

購書地點：□網路書店　□實體書店　□書展　□郵購　□贈閱　□其他

您從何得知本書的消息？
□網路書店　□實體書店　□網路搜尋　□電子報　□書訊　□雜誌
□傳播媒體　□親友推薦　□網站推薦　□部落格　□其他__________

您對本書的評價：（請填代號　1.非常滿意　2.滿意　3.尚可　4.再改進）
封面設計____　版面編排____　內容____　文／譯筆____　價格____

讀完書後您覺得：
□很有收穫　□有收穫　□收穫不多　□沒收穫

對我們的建議：________________________________

____

____

____

請貼
郵票

11466
台北市內湖區瑞光路 76 巷 65 號 1 樓
秀威資訊科技股份有限公司 收
BOD 數位出版事業部

(請沿線對折寄回,謝謝!)

姓　　名:＿＿＿＿＿＿＿＿ 年齡:＿＿＿＿ 性別:□女 □男

郵遞區號:□□□□□

地　　址:＿＿＿＿＿＿＿＿＿＿＿＿＿＿＿＿

聯絡電話:(日)＿＿＿＿＿＿＿＿ (夜)＿＿＿＿＿＿＿＿

E-mail:＿＿＿＿＿＿＿＿＿＿＿＿＿＿＿＿